チョロス

矢澤準二

思潮社

チョロス

矢澤準二

思潮社

目次

装画＝平木元　装幀＝思潮社装幀室

チョロス

チョロス

春の
曇天の
金曜の
朝の
生ゴミで膨れた
スーパーのレジ袋
ブラ下げてゴミ集積所まで歩く

向こうからやってくる
二軒隣の細身の
ピンクのシャツ着た
脚の長い奥さん
おはようございます
全体像に声をかける
目の焦点はあわさない

家に囲まれた切手
のような公園の前の
ネットの下の白い山の
向こうに見えるブランコの
鉄枠の上の
一羽の鴉と目があう

ガンを飛ばす

モッコウバラの家の玄関のチョロス
（チョロスじゃなくてチュロスよ、と妻はいうが）
茶色く丸まっている
薄目を開けて
何だお前かという
俺で悪かったなと
目にて返す

十二才

十二才の時
今一番うれしいのは
自分が十二才ということだ
と思った
昨日それを空手の稽古の合間に
十二才の少女に話した
これから楽しいことがいっぱいあるよ
と　つけくわえて

少女は少し微笑んで
目をぱちぱちした
その言葉は
少女のなかに
残るだろうか
（いつまで？・）

わたしが十二才の時
六十七才のオジサンが
十二才の時に
今十二才ということが一番うれしかったって
話してくれたのよ
（きみ今、いくつ？・）

十二才の時のことを
ちゃんと憶えているのに
今は三秒前のことも
よく忘れる
シャンプーしていて
これは一洗目か？
二洗目か？
とか

檸檬切る

エレベータに乗りあわせて
駅までの地下道を
二人で歩いた
偶然の幸
麗しいあなたは
出産休暇明けで
顔を見るのも久しぶり

巨大なリップスティックの広告ボードの脇を
肩を並べて歩いているとき
あなたは真直ぐな視線を
僕に向けて
どう生きたらいいのでしょうか?
と、突然

びっくりして立ち止まってしまった僕
でも
僕の背中は前に見えて
僕の背中はなにか
一生懸命話しながら
歩いているらしく
僕は

リップスティックの広告の前に
置き去りにされて

あっ、それは僕じゃないんだ
叫ぼうとしても
声がでなくて

檸檬切るみたいに
そんなこと急に訊かないでほしい
金色の靄がたちこめて
二人の姿もかすんで
もう見えない

女

バチカンのサン・ピエトロ大聖堂の
ミケランジェロのピエタの
前に立つと
この世界には
完全
というものがあるのだ
と信じられる

そのわけは
（ミケランジェロの天才だけではなく）
マリアが女だからで
しかも
子を亡くしたばかりの
悲しむ母だからで

不完全なものとして生きるように
生まれてきてしまった

不完全だから
完全という幸福をうらやむ
完全に憧れ
完全を

手に入れたいと願う

嵐の近づく海を見ているあなたの
瞳を横から見ている

自分の不完全さを
心の奥底で
恥じている

男

五十二の歳から十七年間
土曜の夜
空手習ってたんだ

長くいるからだけだけど
稽古開始と終了の礼は
師範の隣で正座してた

ちっとも強くならなかったのにね
試合で一度も勝てなかったのにね
手際がよくなったのは、道場のトイレ掃除だけだったのにね

小学生のあいだはかわいいけど
すぐに高校生とかになって
動きについていけなくて

日曜の朝
空手着と黒帯と拳サポを
垣根の上から見える場所に干してた

十七年のあいだ
喧嘩で使う機会はもちろんなくて

抑止力に、匂わせたことはあるけど
酒飲むのは週一で
稽古の後、家に帰ってひと風呂あびて
ビールが格別だったんだ

手

今まで生きてきた中で
一番うれしかったのは
中学一年のころ
母が
狭い家の六畳間を
半分カーテンでしきって
僕の部屋を作ってくれたこと

僕はそのころ真実
自分の部屋が欲しかったのだ
でもそれはもとより無理な話で
部屋は全部で三つしかなかったし
母がどうしてそんなことができたのか
父や兄がなぜ許してくれたのか
今も判らない

それから四十八年たって
亡くなるほんの少し前
病室で二人きりだった時
僕はそのことを母に話した
母はベッドの上で
深く眠っていて

僕は蒲団の間から
右手を差し入れて
母の温かい右手を握りながら
目を閉じて話した

もっと早く
母が元気なうちに
話せばよかった

後悔はたくさんある
たくさん
たくさん
ある

商船テナシチー

母が亡くなった後
父の口数は日に日に減っていった
医者はアルツハイマーと診断して
ＣＴの画像を見せてくれた
四週に一度僕が付き添って精神科に通った
はじめ手をつないで歩いていったが
そのうち車椅子が必要になった

まだ開いていない医院の入口の前で
目をつぶっている父の耳元で　僕はよく
父の脳を刺激するような単語を囁いた
「モロッコ」
それから少しおいて
「デートリッヒ」
また少しおいて
「商船テナシチー」
そう囁くと
父の眉のあたりが少し動いた
「いい映画だったな」
父は目を閉じたままそうつぶやいた

浅草生まれの父は

中学生の頃から六区の映画館に通っていたらしい
小学校の時　兄と僕はたまに
父に連れていってもらった
記憶にあるのは『黒いオルフェ』
なぜ父が小学生に『黒いオルフェ』なんて見せたのか
よく解らないけれど

『商船テナシチー』
このタイトルはしばしば父の口から出た
父が一番愛した映画であることはよく判った
『商船テナシチー』はいつのまにか
僕の中でも、特別な存在になっていた

でも、なのか

だから、なのか
僕は今でも、『商船テナシチー』を、観ることができない

穴と蝶々

「この子は長唄が上手だねえ」
と祖母に言われるほどの泣き虫だったので
母と兄が浦和の鍼医さんに行ってしまったと
その朝目覚めたとき聞かされた僕は
いつまでも泣き続けた
見かねた父が僕を肩車して
八畳間をくるくる歩いてくれた

家で一番広い八畳間の窓の上の柱には
ボンボン鳴る焦茶色の長方形の
大きな柱時計がかかっていた
大きく見えたのは僕が小さかったからで
その頃多分僕は四歳
時々父が仕事場の脚立をもってきて
（家中に椅子なんて一つもなかった）
ゼンマイを巻いていた

いつもは下から見上げていたけれど
柱時計はそのとき僕の顔の高さくらい
硝子の扉の下のほうに
金文字の漢字で何か書いてあった
（父の仕事関連の記念品だったのだ）

丸い文字盤の下部に
ゼンマイを巻くときの穴が左右に二つ
蝶々のカタチの銀色の巻き鍵が振り子の下に
ああ、こうなってるのか！
僕が一番興味を引かれたのは　その
二つの穴と　蝶々

二つの穴に順番に
銀色の蝶々をさしこんで
カチカチと音をさせてまわして
音はだんだん高くなって
ギリギリとしてきたら
父は蝶々を抜いて

硝子の扉を閉め脚立を降りた　いつも

僕が世界と

海水浴の帰り　夜
母と叔母たちといとこたちと
湘南電車に乗っていた
エアコンなんてない時代
どの家の窓も全開
電車は土手の上を走り
一つの窓から一瞬見えた光景が
今でも目の中に残っている

白いランニングシャツにステテコ姿のお父さん
丸い卓袱台の前に胡坐をかいて
両手で新聞をひろげている
その周りを駆けまわる
小さな姉と弟
赤い浴衣の姉が青い浴衣の弟を追いかけている
六十年ほど前のほんの一秒

どうしてあの人たちはあそこにいて
僕はここにいるのだろう?

何故そんなことを不思議に思うのか
疑問についての疑問だけが後に残った

僕が初めて世界と繫がった瞬間だったのだ
と、今は思う

キセツ

小学校の五年生だったろうか
クラスの女子が別の部屋に集められて
帰ってきた時みんな　なんかよそよそしくて

キセツ

女子だけの会話の中に時々挟まるこの言葉
意味するところは

中学に入ったころ判ったけれど
それをどうしてキセツと呼んでいたのかは
今でも解らない

季節？

日々俳句を作っていると
季節の移り変わりに敏感になる
そのきざしは
空にも地面にも池にも林にも
スーパーの売場にも家の食卓にも風呂場にも
そして言葉におきかえられたそれらは
遠い記憶も呼びさます

一つ違いの兄が僕の句を読んで
これおじいちゃんちの庭に面した部屋だよね
という

サイダーの記憶畳を渡る風

かなかなの声を追いかけて散歩に出る
駅からの帰り道　月とオリオンが張り合っている
台風のうなり声が　家の真上を通り過ぎていく
自然は　優しかったり　恐ろしかったり

もう七十回近くこの繰り返しを経験しているけれど
そのたびに驚く

しじまの音

教会の二階のガラス窓を両腕で叩くベン
驚いて振り向く花嫁姿のエレイン
お互いの名を絶叫する二人
結婚式場から逃げ出し
手をつないで道を走って
ウエディングドレスのまま路線バスに乗って

『卒業』のこのシーンを観て家に帰った僕は

二年前の文化祭の夜
ラストダンスに誘って断られた女の子に
ありったけの勇気を奮って電話をした
一浪して大学に入った年の秋
彼女は高校三年生

上野の文化会館の石壁の前に立って
僕を待っていた彼女
Vネックの白いセーター、チェックのミニスカート
神宮球場のスタンドで
点がはいるたびに肩を組んで
一度きりのデートだったけれど

あれからほぼ半世紀がすぎて

ベンもエレインもとっくに七十才を越え
僕も彼女も六十代の後半
それぞれの
あったかもしれない過去なんて
鱗雲の数よりも多い

しばらく前から時々
気がつくと耳鳴りが聞こえている
漆黒の空に小さな月が孤独に光る
冬の静かな夜なんて特に
まるで
しじまの音みたいに

時代

そのニュースに初めて接した時どこで何をしていた？
そう訊かれてすぐさま答えられる事件がいくつかある
ジョン・レノンの死（一九八〇年十二月八日）
も、その一つだ
僕は会社帰りに
最寄り駅と家の間にあったゲームセンターの
十四インチの白黒テレビで知った

あの時僕が何を思ったのか
正直言って憶えていない
でもこんなに長く、その時その場所、を憶えているのは
脳のどこかに痕跡の残る強い衝撃を受けたのだと思う
ビートルズは十年も前に解散していたけれど
ジョンのいない世界には、何かが
欠けてしまったような気がしたのかもしれない

確かに僕は
大学時代彼らのＬＰを
何度も何度も何度も聴いた
特にアビイ・ロードのＢ面
曲と曲とのつなぎの一瞬
だけでも聴かないと

その日が終わらなかった

ビートルズの音楽は
どうしてあの時代
あんなに僕らを虜にしたのだろう

少し前、高校生の男の子に
「ビートルズ、知ってる?」と訊いたら
「音楽の授業で習いました」と返ってきた

遠くで

仕事でタクシーに乗った時
見かけ六十代の運転手さんに
転職を考えているのですが
タクシーの運転手はどうですかね？　と訊いたら
お客さん　それは考え直したほうがいいです
体力的につらいです　年取ると特に
と言われた

次に考えたのは学校の先生
教職の資格もってるの？　と妻
これから取るんだ　と僕
あきれてものも言えない　妻
めげずに本を買って調べてみると
教員の新規採用は三十五才までという自治体がほとんど
僕はその時すでに三十六才だった

三十代の記憶があまりない
ないというより開けたくないのか
その頃仕事がとてもつらかったのだろう
僕の中の記憶よりも
妻のあるいは息子たちの頭の中にある
僕についての記憶のほうが

鮮明かもしれない

今でもたまに仕事の夢をみる
プレゼンしなくちゃいけない　競合なのだ
スタッフを集めてまとめなくちゃならない　今すぐに
心臓に血が集まる　頭が熱くなる
相手は強敵なのだ
とても大事なことがかかっているのだ

遠くで小さな男の子の泣いている声が聞こえる
泣きやんだ
いったい何を泣いていたんだろう

僕がケータイもスマホも持たない理由

妻と二人の息子と『フック』を観たとき
僕は中年になったピーターパンと
ほぼ同じ年齢
当時の僕の仕事人間ぶりも
彼と似たようなものだったろう

映画が終わって
エンドロールが始まったとき

十分くらいこのまま続けてほしいと願った
泣きっぱなしだったボロボロの顔を
妻と息子たちに見られたくなかったから

あのときあれだけ泣いたのは
僕が父親としての役割を果たしていない
もっというと
ちゃんとした人間として生きていない
という　悔いと情けなさのせいだ

本当のところ映画の細かい内容は
きれぎれにしか記憶に残っていない
あれから三十年近く経っているし
多分　つらいことは

なるべく早く忘れたかったのだ

でも　今でも
鮮明に憶えているシーンが
一つだけある

フック船長に誘拐された子供たちを助けて
ネバーランドから戻ったピーターパンは
ひっきりなしに使っていたケータイを
三階の窓から
空に向かって投げ捨てる

僕がそのとき
ピーターパンから受け取った

無言のメッセージ

教え

父の教えか東京の下町文化か
子供の頃
もっともやってはいけないことと
叩き込まれたのは
卑怯なふるまい
卑怯な奴
というのは
最大級の軽蔑だった

息子が六年生になった時
部屋に呼んで
自分が一番大事だと思え
だから自分を活かす道を見つけなさい
と言った
（妻からは、だから自分勝手な子に育ったのよ、と叱責されたが）

父から教えられたことと
息子に教えたこと
この二つは矛盾だろうか

戦争と平和

引き足が間にあわず
後ろに倒れて腰を打った
これが退き時と判断し
十七年続けた空手をやめて
太極拳の会に入った
先生は女性
生徒の八割も女性

入会してすぐ
近くの市民会館の会議室を借りて
ランチ会があった
ピザと飲み物を買ってきて
後は皆さんいろいろ持ちよって
サラダとか果物とか手作りケーキとかおかきとか
合間に「渾身の一枚」という写真披露のゲームもあって
ジュースとお茶で午後のほとんど
笑いとおしゃべりは途切れず
女子会ってこういうの？

父が九十を過ぎ
グループホームに入った時
集まって談笑しているのは女性だけ

男はぽつぽつと孤影をまもり
表情を消して正面を見ている

男ってまずいんじゃないの？
俺も男だけど
戦争の原因はこれか？
男も女子会にまぜていただくべきじゃない？
真面目に

そこに在る

好天の午後
簡易郵便局に行く途中の
細い曲がりくねった道の左側に
背の高い幅も広い
赤と緑が混在した壁が
突如
できていた

近くに寄るとそれは躑躅の生垣で
花の色は赤というより赤紫で
葉は明るめの緑で
初夏の陽を浴びて
花と葉と
お互いがお互いを
引き立てあっている

この躑躅にかぎらず
自然の色の組み合わせは
何故か
不思議にここちよい

例えば春

見上げる空の
やや薄い青と
白に近い桜の色が
みごとに調和している
空と桜の色の間に何の関係もないはずなのに

自然に美しい対応を造る意志があるのか
私がそう感じるように造られているのか

スーパーで走り回る
三歳くらいの女の子の
ストップモーション

剪る

ぷっくりとした緑の
葉の重なりが
初夏の午前の
陽の光を撥ね返して
むくむく
膨張している
ヒイラギモクセイの
生垣

グレーの鍔付き帽子を被り
白のゴム手袋をはめマスクをして
研ぎあげた柄の長い刈込み鋏で
右端から剪っていく
剪り落とした葉は
特大のビニール袋に押し詰める
何袋も
何袋も

生まれたばかりの葉を
どうして剪っているのか
(その前に)
何のために生垣にしているのか

（スチール柵じゃなく）
生垣が生きているからか
生垣は生きものだからか

もしそうなら
これは
悲鳴のあがらない
殺戮ではないか

もしそうなら
これまで私は
どれだけたくさんの
命を殺めてきたか

縁台

生まれた家の隣がお茶屋さんで
いつも店の外までお茶の香りがしていた
年中黒と青の間くらいの着物を着ている
痩せて小柄で丸い頭のおじいさんがいて
大きな木の皿に盛ったお茶の葉から
長い箸で何かを除けていた
とても無口な人で
話す声を聴いた記憶がない

夏になると、夜
家の前に据えた縁台に座って一人
ゆるゆると団扇を動かしていた

あれから六十年あまりがすぎて
道に縁台を据える自由はとうになく
熱帯夜の夜は
部屋の熱気を街の中に吐き出す
ことしかできない

ドラえもんが生まれるのは
今からおよそ百年後で
ドラえもん
ちゃんと生まれてくることができるのか

心配しても
どうにも仕方のないことを
心配している

叱責

国連本部の総会ホールで
世界中の大人たちを
叱責する
十六才のスウェーデンの少女

何てかっこいいんだ！
と思った僕の感想は
不適切なのだろう

そういう問題じゃない
明白に

でも

小柄で細いけれど
堂々としている

目に涙を浮かべているけれど
決して流さない

声は強いけれど
言っていることは激しいけれど
激高しているわけじゃない

ときたまメモに目を落とし
それでも読むわけでなく
あくまでも聴衆に真直ぐな目を向けて
彼女は話した
話した

一人の若いホモ・サピエンスとして

観られる人

シンプルな円筒形の透明な壜に入った
一九五〇年製造のウイスキー
少し残った濃い琥珀色をじっと観ていても
そこには何もない

あるのはその上の
飲んでしまった大きな空白　そこに
これまでの記憶がつまっている

ほぼ七十年分

自分の顔は自分では観えない
自分の声も自分では聴けない
自分のしたことの成否も
自分では判らない

だから
壜の中の空白の中身は
僕でない人たちから観た
僕についての記憶の断片

小学生の時通っていた親戚の床屋さん
今思えば奥さんが美人だった

振り向いてにっこり笑った一瞬のまなざし
彼女から観て小さかった僕はどんな人間だったか

飛ぶ

両腕を横いっぱいに広げて
やや前傾するみたいにかるーく走って
左足で地面をトンと蹴ったら
宙に浮いていた

なんか廃墟みたいなところで
石の円柱とか石ころがゴロゴロしてて
でも浮かんでいるので

躓くことはない

腕は翼ではないのだけれど
特に気を入れて羽ばたく動作
もしてないのだけれど
こういうの浮遊感っていうの？

浮いた先は砂漠で
地平線まで砂の海で
太陽の落ちるあたりに
小さくシルエットがあって

目を凝らしてみると
それは夕陽の中の

ピラミッドの影
つまりそこはお墓で

そうか
そういうことかと

顔

橋の欄干から両腕を伸ばして
夜の川の流れの真上に
三歳の女の子の身体を浮かせて
母親は両手をはなした
その刹那
女の子はにこっと笑って
バイバイと言った

そのとき
最期に女の子の目に映ったのは
母親の顔のはずだ
母親の顔は
どんなだったか

哀しみ

夕暮で薄暗い雪は降り続いている額や頬に冷たさが当たる
私は白い着物を着て雪の上の筵に正座している周囲を沢山
の人が囲んでいるが顔ははっきりと見えない私はこれから
打首になるのだでも何の罪で打首になるのかその理由は判
然としない私はきっと何かとんでもなく重い罪を犯したの
だそれが何であるか今は思い出せないけれど心の奥深いと
ころでその罪とその報いを納得している私を打首にする役
人は目の前にいる白地に黒の縞の袴をはいて黒い紋付に白

い襷をしている頭に髷を結っているが顔は陰になっていて黒い皮のようにしか見えない鈍く光る刀の切っ先を斜め下に向け足を開いて真っ直ぐに立っている何故前にいるのだろう打首というのは背後から首を刎ねることではないのか何かの合図があって罪人は前に俯き首の後ろの肌を晒す役人は罪人の左斜め後ろに立ち八双に構えた刀を振り下ろすそうすれば首は真後ろから斬られるはずだ今役人がいるように前から斬るとしたら刃は私の首の左を切り裂くことになるどうせ斬られて死んでしまうのなら真後ろから斬られようと左から斬られようと違いはない首は胴体を離れて転がるだけだでも私は死ぬことよりもそのことばかりが気になっている肌に刃が食い込むのは首の真後ろからなのか左からなのか刀を右手に持った役人が白いマグカップを左手で差し出す私が普段インスタントコーヒーを飲む時に使っ

ている珈琲会社の景品でもらった安手のカップだ両手を伸ばしてカップを受け取る上から覗くと透きとおった水がたっぷりと入っている末期の水かそんな言葉が浮かんでくるこれで死ぬのだな私は初めてそのことに気づいたように改めて水を見るカップの縁に口をつけて水を飲むとろっとした柔らかな水が喉を通る冷たい感触が食道を通り胃の中に落ちていく役人はゆっくりと歩いて後ろに廻るやっぱり首は真後ろから斬られるのだなと思う役人が動くと急に視界が開ける周りを囲む人々の遠方に雪を頂いた白い山並が見えてくる山並の上は深い紺色の空だ空の底は帯のように濃い茜色に染まっている気がつくと雪はやんでいるこれが私がこの世で最期に見る光景なのだその時何かが乾いた砂浜に寄せる波のように心に染み入ってくるこれは何だろうこれが哀しみというものだろうかもしこれが哀しみというも

のだとしたらその中身は何だろう私はその正体について考える首の真後ろに刃が食い込む前にその正体が判るだろうか役人が刀を振り上げる気配を感じる時間はもうない空の紺色が黒に変わってきた山並を縁取る茜色はもう見えない。

湯加減

「愛犬を老衰で亡くしたけれど、新しく飼うのはもう無理」

その犬の死まで生きている
自信がないからと
引退して十年になる
会社の先輩からのメールにあった

自分がいつ死ぬかは判らないわけで

犬がいつ死ぬかも判らないわけで
つまり、どちらが先に死ぬかは、判らないわけで
でも、どちらも必ず死ぬことは、判っている

自分の終期と犬の終期を
ゆるーく認識して共に生きるというのは
(いい加減じゃなく)
いい湯加減みたいで
いいんじゃないか
と思うけれども
どうなのだろうか

矢澤準二（やざわ・じゅんじ）
一九五〇年六月、東京・浅草生まれ。
早稲田大学法学部卒業後、四十一年間、株式会社電通で勤務。

チョロス

著　者　矢澤準二
発行者　小田久郎
発行所　株式会社思潮社
〒一六二—〇八四二　東京都新宿区市谷砂土原町三—十五
電話〇三（三二六七）八一五三（営業）・八一四一（編集）
ＦＡＸ〇三（三二六七）八一四二
印刷所・製本所　三報社印刷株式会社
発行日　二〇二〇年七月二十日